Ole Könnecke

¡Que te mejores!

Lóguez

Éste es Burt.
Burt la ha pillado.
Pero del todo.

La garganta. La cabeza. La nariz.

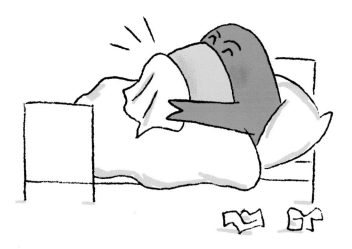

Y el estómago,

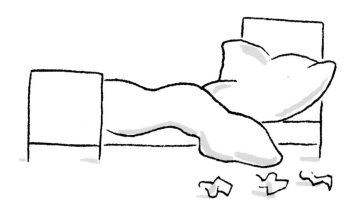

mejor no hablar del estómago.

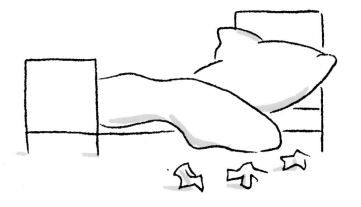

Probablemente, Burt no ha tenido cuidado

...o ha estado con mucha gente.

Quizá, sencillamente,
se haya excedido.

Sea como fuere,
Burt se encuentra mal.
Pobre, pobre Burt.

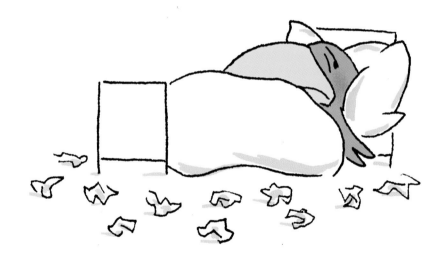

Ahora tienes que beber
mucho líquido, Burt.

Y controlar
la temperatura.

Sin olvidar las gotas para la nariz.

Una cucharadita más de avena.

Deja que te mimen, Burt.

Y lo más importante:
mucho, mucho descanso.

¿Qué? ¿Mejor?

Estupendo.

¡Ah! Eh… ¿Burt?

¿Burt...?

Así que: beber mucho líquido,
descansar mucho
y todo volverá a estar bien.

Título del original: *Gute Besserung!*
Traducción de Eduardo Martínez
© 2009 Sanssouci im Carl Hanser Verlag München
© para España y el español: Lóguez Ediciones 2013
Ctra. de Madrid, 128. 37900 Santa Marta de Tormes (Salamanca)
ISBN: 978-84-96646-95-7
Depósito Legal: S. 350-2013
Impreso en España – Printed in Spain
Gráficas Varona, S.A.

www.loguezediciones.es